I0546411

DESCRIPTION
HISTORIQUE
DE LA
PROVENCE,
POEME
EN QUATRE CHANTS,

Par Joseph-François BRACHET,
Associé a l'Académie d'Avignon.

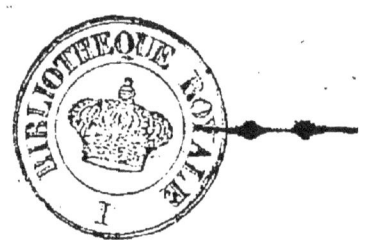

A MARSEILLE,

Chez BERTRAND , Imprimeur , rue de la
Guirlande.

A AVIGNON,

Chez Pierre-CHAILLOT Jeune, Imprimeur-
Libraire , Place-du-Change.

1816.

A Monsieur le Baron de Damas, Lieutenant-Général des armées du Roi, Commandant la 8me division militaire, Chevalier de l'Ordre Royal et Militaire de Saint-Louis, etc. etc. etc.

MONSIEUR,

La Provence qui sous les rapports historiques comme sous ceux du climat, jouit de tant de prérogatives, qui a produit un grand nombre d'hommes célèbres, sur le terriroire de laquelle l'on voit desséminés plusieurs monumens qui éternisent le souvenir des grands événemens dont elle a été le théâtre ; cette province qui a policé la France et une partie de l'Europe ; la patrie des troubadours et de cette courtoisie chevaleresque qu'on ne voit plus que dans les romans, et qui à tous ces titres de gloire joint l'inapréciable avantage

A 2

d'avoir été le premier pays de l'occident éclairé des lumières de la foi, offre un sujet fécond dans tous les genres d'écrire. C'est ce qui m'a enhardi à tracer le faible tableau que je mets sous les yeux du public, et que j'ose vous dédier. Les habitans de cette contrée témoins de votre courage et de votre dévouement au grand Prince qui vous a fait placer à la tête des autortiés militaires de la province, applaudiront à mon hommage. Pardonnez, Monsieur, si ébloui de la gloire de ma patrie, et entraîné par la noblesse de la matière, j'ai osé entreprendre de traiter un sujet si élevé sans consulter mes forces. La pureté de mes principes et mon empressément à fournir quelques traits à l'éloge de notre auguste monarque me feront sans doute trouver grace auprès de vous et auprès du public indulgent qui sait que l'on doit quelque encouragement aux plus minces talents quand ils sont joints au zèle pour le souverain et pour la patrie.

J'ai l'honneur d'être,

MONSIEUR,

Votre très-humble et très-respectueux serviteur.

J. F. BRACHET.

DESCRIPTION
HISTORIQUE
DE LA
PROVENCE.

CHANT PREMIER.

~~~~~~

Je chante le climat où le ciel m'a fait naître ,
Ce sol où le printemps commence à reparaître
Si-tôt que les Géneaux montant sur l'horizon
Annoncent aux mortels la riante saison :
Et tandis que Phœbus dans sa rapide course ,
Jette à peine un regard sur l'habitant de Lourse ,
L'Amendier , l'Oranger et l'Aube-épine en fleurs
Exhalent au lointain leurs suaves odeurs.
Je te célèbre donc , Provence fortunée ,
Que baigne de ses flots la méditerranée !
De ses épais frimats redoutant la rigueur ,
Le sombre hôte du nord jaloux de ton bonheur
Contemple avec regret ta rive hospitalière

Où brillent les trésors dont il est tributaire!
De tes arbres fleuris les zéphirs caressans
Écartent la fureur des barbares autans :
Tes flots couleur d'azur , tes campagnes liquides
Sont le séjour chéri des chastes Néréïdes :
Sur tes bords émaillés les folâtres Tritons
Mêlent leurs cris aigus au chant des Alcions.
Sous le chêne ou l'ormeau la bergère soupire ;
Le berger langoureux répond par un sourire ;
L'écho rend leurs chansons en redoublant leur voix;
Et le Silvain jaloux se cache dans les bois.
Au son du chalumeau se mouvant en cadence
Pan autour des forêts , mène les chœurs de danse ;
Le Bouvier leur sourit dans le creux des vallons
Et frédonne gaîment ses rustiques chansons.
Non les magiques bords de Cythère ou de Gnide ,
Les jardins enchantés de la trompeuse Armide
Ne sauraient effacer tes superbes Vergers
Tous d'oliviers couverts ou peuplés d'orangers.
Je ne me lasse point d'admirer ce contraste
Où la création étale tout son faste ,
Ce mélange imposant de plaines et de monts
Où s'égarant surpris mes regards vagabonds.
Mon œil se porte encor sur la plaine azurée
Qui semble par son calme aggrandir la contrée ;
Et mène mon esprit aux champs délicieux
Berceau de la sagesse et le séjour des Dieux ! (1)

Mais le ciel et le sol ne font pas seuls ta gloire ;
Sur les ailes du temps les filles de mémoire
Protectrices des droits de la célébrité
Feront voler ton nom à la postérité.
Hé ! quel autre pays plus fécond en miracles
Étonna l'univers de plus brillants spectacles !
Des confins de la Grèce en ces lieux transporté
Un jeune et noble essaim désertant sa cité (2)
Jetta les fondemens d'autres cités célèbres
Et tira les Gaulois des épaisses ténèbres,
Où les enveloppaient la fureur des combats
Et l'ardeur d'émigrer sous des lointains climats.
Nos pères étonnés ont vu le capitaine , (3)
Qui brûlant d'asservir la puissance Romaine ,
A son destin lia mille peuples divers ,
Et de son nom fameux remplissait l'univers.
Ici l'on reconnaît un vaste amphithéâtre ,
Plus loin c'est un grand cirque autre sanglant théâtre ;
Où les vaillans Romains si craints , si révérés
repaissaient ses regards de carnage altérés.
Là , se faible héritier (4) de l'Empire de Rome
Pour un seigneur puissant fonda ce grand royaume ,
Qui, des Bouches-du-Rhône où ce fleuve orgueilleux
fait rouler dans la mer ses flots tumultueux ,
Embrassait le Jura , la contrée Helvétique
Assujettie alors au pouvoir monarchique.
Le Zahard des combats mêla plus d'une fois

La cendre des Romains à celle des Gaulois.

Nous contemplons hélas ! les fastueux trophées (5)

De ces dominateurs , qui jusqu'aux monts riphées,

Se firent des sujets de tous leurs ennemis ,

Et comptèrent cent rois à leur pouvoir soumis.

Ici c'est l'Auvergnat , qui mordant la poussière

Sous les bras des Romains courbe sa tête altière ,

Ailleurs c'est l'Allobroge et plus loin le Teuton ;

J'entends les cris perçans du cor et du clairon.

Je crois voir Marius de ses regards terribles

Animer au combat ses troupes invincibles ,

Les légions perçant les cimbres étonnés ,

Renverser leurs soldats pâles et consternés.

Le temps qui ronge tout dans de longs intervalles

Ne détruira jamais ces masses colossales

Dont l'objet admiré de la postérité ,

Reçoit un plus grand prix de son antiquité.

Mais tous ces monumens trop orgueilleux caprices

Que sont-ils comparés aux glorieux prémices ,

De la religion qui d'un divin éclat ,

Encore en son aurore illustra ce climat ?

A peine l'Orient avait vu sa lumière

Que de la posséder la Provence était fière.

Lazare (6) qui sortant de la nuit des tombeaux

Vit tomber à ses pieds son suaire en lambeaux ,

Des rives du Jourdain à la foule ignorante

Vint annoncer la foi par sa bouche éloquente :

Pour voir ce grand miracle on accourt curieux
Le peuple croit au Christ et renonce aux faux dieux.
Une tradition antique est révérée
Nous montre encor la grotte aux larmes consacrée;
Où Magdeleine en proie aux plus vives douleurs
S'éteignit de regrets et mourut dans les pleurs.
Arles eut des prélats savans et pleins de zèle ,
Le siége d'Avignon plus d'un pape fidèle
A la sévérité joignant cette douceur ,
Qui réprime la fougue et ramène l'erreur.
Mais que vois-je au couchant sur la rive du Rhône ?
La fière ambition assise sur le trône ,
Contre son chef auguste a levé l'étendard
Et d'un air hypocrite aiguise son poignard
Pour en percer le flanc de son illustre mère !
Et toi de tes brebis le pasteur et le père ,
Urbain , pourquoi vouloir dans ton zèle cruel
Percer un fil ingrat de ton bras paternel !
Crains de voir allumer une guerre éternelle
Fatale à ton troupeau : cette vive étincelle
Va causer un funeste et vaste embrasement ;
L'erreur infectera l'Eglise d'Occident.
Vois le hardi Viclef , le novateur perfide (7)
Répandre le poison de sa bouche homicide.
Vois contre le Saint-Siége un schisme signalé ;
Ton pouvoir chancelant , et ton trône ébranlé !
Coupable ambition ; mère de tant de crime ,

A 3

Quel œil pourrait sonder les effrayans abîmes
Où ta rage engloutit les malheureux mortels !
Au méchant couronné l'on dresse des autels.
Enivré de l'encens que des ames vénales
Font brûler au foyer des discordes fatales
Et s'étayant des bras de ces êtres pervers,
En théâtre sanglant il change l'univers.
Ah ! dis-moi Némésis quelle horrible furie
De sa brûlante rage embrasa ma patrie !
Signale au monde entier ces hommes trop fameux
Qui servaient d'un tyran les projets fastueux!
De l'Ebre au Tanais, du couchant à l'aurore,
A leur fougue immolé notre sang fume encore.
Louis qui dans tes maux n'a vu que nos malheurs,
Toi seul as pu tarir la source de nos pleurs !
Tu n'étais pas encore l'arbitre de la France
Que tu devins l'honneur, l'amour de la Provence :
Quand de voir ta province un penchant généreux
Te fit si jeune encor voler dans ces beaux lieux,
La joie et les transports, l'universel hommage
De ta grandeur future étaient l'heureux présage.
Hélas ! pourquoi faut-il que des regrets amers
Accompagnent toujours des souvenirs si chers,
Et qu'un sort fortuné rappellant nos allarmes,
A notre cœur sensible arrache encore des larmes !
Mais malgré la tourmente et de funestes lois
Le peuple qui cédait n'oubliait pas ses rois :

Sous un joug odieux se courbant avec peine
Il a béni la main qui sut briser sa chaîne.
Tranquilles maintenant à l'ombre de la paix ;
De l'ordre protecteur garant de tes bienfaits,
Nous ne montrerons plus dans ta chère Provence
Que des cœurs réunis par la reconnaissance.

CHANT SECOND.

Sous les coups d'Annibal l'opulente Sagonte
Sujet pour les Romains de regrets et de honte
Avait vu s'écrouler ses orgueilleux remparts :
Le sang des citoyens fumait de toutes parts :
Les biens qu'on put sauver de la nouvelle Troie
De l'avide soldat furent bientôt la proie.
Annibal transporté de voir leur noble ardeur
Franchit l'Ebre, les monts et s'avance en vainqueur;
Les Septimaniens , les vaillants Tectosages (8)
Craignant pour leurs cités des fers ou des ravages ,
Au-devant du héros s'avancent fièrement
Et veulent opposer une digue au torrent.
Annibal à leurs chefs prononce cet oracle :
A ma marche guerriers , ne mettez point d'obstacle ;
Déposez les soupçons qui vous ont allarmé ,
Ce n'est point contre vous que mon bras est armé.
Si mes vaillants soldats nul n'attaque et défie ,
Leur fer ne rougira qu'au plaines d'Italie.
Il dit , part et du Rhône il occupe le bord (9)
Les Gaulois provençeaux lui disputent l'abord :

Mais

Mais par l'adroit Hannon aidés dans leur passage
Les braves sans obstacle abordent au rivage.
Le Cavare les voit et reculant d'horreur
Laisse tomber sa lance et frémit de terreur.
Le Dieu du fleuve altier sur ses ondes rapides
Ne voit pas sans effroi ces guerriers intrépides,
Il comprime l'essor de ses flots vagabonds,
Et les cache à l'instant dans des gouffres profonds.
Le héros cependant roule dans sa pensée
Mille projets divers : son ame embarrassée
Le rend sombre, inquiet : il flotte peu certain
S'il doit dans sa Provence attaquer le Romain :
Mais revenant au plan de venger sa patrie
Que son défaut d'audace avait presqu'avilie ;
D'aller franchir des monts le sommet glacial
A ses bouillants soldats il donne le signal.
A la voix du héros tous ces braves s'élancent ;
La surprise et la crainte en tous lieux les dévancent :
Le faible Tricastin de ses monts sourcilleux
Voit marcher fièrement leurs escadrons poudreux :
Tel un torrent franchit la digue qui le gêne
Pour couler à grand flots sur une vaste plaine :
Ils traversent déjà les champs Vocontiens
Et gravissent bientôt les monts Tricoriens.
Tandis que cette guerre en grands exploits féconde
Attirait les regards, fixait le sort du monde,
Les Marseillais toujours fidèles et zélés

B

Fournissaient aux Romains des secours signalés;
Dès le temps de Tarquin , Rome devint l'amie
Des jeunes Phocéens qui laissant leur patrie ,
Des bords orientaux venaient en ces beaux lieux ;
Établir leur demeure et transporter leurs dieux.
Protis leur conducteur du grand Hannon l'Emule ;
Du sein de l'Océan , des colonnes d'Hercule
Remonta vers la Gaule et sur l'emplacement
Que d'un grand golphe offrait le vaste enfoncement;
Il traça la cité qu'une adresse savante
Éleva par les mains d'une jeunesse ardente.
Mais pour qu'il triomphât des féroces Gaulois
Le puissant dieu d'amour lui prêta son carquois.
Il sut toucher le cœur d'une jeune princesse
Belle comme Vénus , chaste comme Lucrèce ,
De qui le roi son père avait promis l'hymen
A celui dont le goût pourrait fixer le sien.
Au milieu d'un repas , où des coupes merveilles
S'épandaient des liqueurs au doux nectar pareilles ;
La modeste princesse objet de mille vœux
Promenait tout autour ses regards gracieux.
Soudain au beau Protis elle donne la coupe : (10)
Il tressaille de joie et la montre à sa troupe :
Ce choix , dit-il , amis , fixe notre séjour :
Si l'aurore demain nous amène un beau jour
Immolons cent taureaux , cent vaches à Neptune ;
C'est par lui qu'en ces lieux nous sourit la fortune :

Il veut qu'aux habitans de ces riches climats
Nous apprenions des arts qu'ils ne connaissent pas.
Nos enfans sous ce ciel favorable au génie
Feront un jour honneur à leur mère patrie
Répandront tes beaux arts , et les Gaulois altiers
Du dieu de l'Élicon cueilleront les lauriers.
Ainsi parla Protis à ses compagnons d'armes
Qui d'un doux avenir , goûtaient déjà lès charmes ;
Chacun prend une coupe et couronnés de fleurs
Du dieu de l'Océan ils chantent les faveurs.
Tels sont ces Grecs fameux que célèbre l'histoire ;
Policer l'univers fut leur plus belle gloire.
Rome leur doit ses lois , son génie et ses arts ;
Les monumens de goût créés sous les Césars.
Provence , tu leur dois tes mœurs et ta culture ,
L'agrément que produit la noble architecture ,
L'art de tailler la vigne au faîte d'un côteau ,
De planter l'olivier en arrachant l'ormeau :
Ce que l'Attique fut au reste de la Grèce
Tu le fus aux Gaulois : l'urbaine politesse
Sans altérer des mœurs la sainte pureté ,
En bannit la rudesse et l'antique aprété.
Les Gaulois se livrant aux soins œconomiques
Restèrent plus soumis à leurs dieux domestiques ,
Et modérant un peu leur belliqueuse ardeur
De l'ordre social goûtèrent la douceur.
Bientôt le troubadour favori de Minerve

B 2

Signalant le bon goût qui nourrissait sa verve,
Fit succéder sa lyre et ses chants amoureux
Au rauque chant du Barde austère et sourcilleux.
Ah ! quel autre pays de la fertile France
Ne te céderait pas, trop heureuse Provence !
Tu joins à tes doux fruits les tributs des deux mers
Que fendent les vaisseaux de cent peuples divers :
Tu nourris dans ton sein des cités somptueuses
De leur antiquité justement orgueilleuses,
Et d'autres qui le sont par le concours heureux
Des miracles de l'art, d'un site merveilleux.
Tel est ce fameux port Boulevard de la France
Qui dominant la mer sur un espace immense,
Brava tous les efforts d'Eugène courroucé
Du pied de ses remparts vaillamment repoussé ;
Dont l'arsénal fournit ces superbes navires
Qui font la sûreté, la splendeur des empires.
Mais Marseille célèbre et grande en ton berceau,
La Gaule de ton nom prit un lustre nouveau.
Se ciel visiblement s'intéresse à ta gloire ;
Lorsque pour abolir ton nom et ta mémoire
Vingt peuples vers tes murs s'avançaient en fureur,
Minerve dans leurs rangs répandit la terreur,
Et d'un air de courroux sécouant son Egide
Elle glaça d'effroi leur conducteur perfide.
Envain le fier Germain (11) foudroya tes remparts ;
Il vit tomber ou fuir ses escadrons épars.

Mais ton plus signalé , ton plus bel avantage
Fut d'avoir abaissé la superbe Carthage (12),
Tu chéris ce séjour voluptueux Milon
Que défendit envain l'éloquent Cicéron.
Près de Marseille était cette forêt sacrée
De l'ignorance antique humblement révérée ;
Qu'abattit en tremblant le conquérant fameux ,
Qui dans l'immensité d'un plan ambitieux
Entreprit d'asservir le monde et sa patrie
Sous le pouvoir des grands déjà presqu'avilie.
D'un noirâtre rocher coulaient d'impures eaux (13) :
De grands arbres touffus enlaceant leurs rameaux
De leurs ombres voilaient les ténébreux mystères
Que dérobaient aux yeux les Druides sévères.
Là , des dieux inhumains tristes et bazannés
Par la foudre ou le temps tronqués et sillonés ,
Sur leurs noirs piédestaux à la foule ignorante
Imprimaient les horreurs d'une sombre épouvante :
Le ministre lui-même en craignait la fureur
Et de ses dieux cruels n'approchait pas sans peur (14)
Mais César abattant les branches et les tiges ,
Rassura les mortels, dissipa les prestiges.
Dans cette guerre impie où deux fameux rivaux
Partagèrent le monde en des malheurs égaux ;
Tu vis crouler tes murs , mais fière et généreuse
Tu ne démentis point ta vertu belliqueuse (15)
Aux plaines de Pharsale on décida ton sort.

L'antique liberté s'évanouit d'abord.

Tu perdis ton orgueil, mais tu sauvas ta gloire;

Et tu ne fus pas moins célèbre dans l'histoire.

Ah ! qu'il t'est glorieux ce courroux d'un tyran

Qui te fermant les ports du Grec, de l'Ottoman,

Voulait détruire en toi la vie et l'abondance

Que tes navigateurs procurent à la France.

Mais Louis te rendra ton ancienne splendeur :

Prodique de bienfaits et jaloux du bonheur

De ses tendres enfans qu'une main infidèle

A si long-temps traités en marâtre cruelle ;

Il te protégera sur les eaux des deux mers

Qui ne font qu'un grand tout de ce vaste univers,

Et tes navigateurs dans le double hémisphère

Puiseront des trésors pour enrichir leur mère.

CHANT TROISIÈME.

Aix, Arles noms fameux, j'entame votre histoire
De vos titres sacrés les filles de mémoire,
Conservent le dépôt avec fidélité
En dépit des revers et de l'antiquité.
Tout est flux et reflux, tout est vicissitude ;
Grandeur, abaissement, triomphe, servitude.
Combien d'États puissans sont déjà disparus ;
Athènes n'est plus rien, Thèbes n'existe plus :
Mais leurs noms sont sauvés de l'Océan des âges.
Nous ne déplorons point de semblables ravages
Villes, vous existez et plus d'un monument,
Atteste la splendeur de votre état brillant.
L'histoire avec orgueil en mille endroits vous nomme,
L'ancienneté vous met presqu'à l'égal de Rome :
Vos fastes sont liés aux plus sanglans revers,
Dont le bruit formidable ait rempli l'univers.
Aix a reçu son nom de ses eaux crystallines
Où les nymphes cachaient leurs graces enfantines ;
Quand un fameux Romain épris de ce séjour
En dessina le plan, en traça le contour. (16)

Arles que signala son courage héroïque
Dans un temps périlleux pour la chose publique ;
Arles séjour choisi par le grand Constantin
S'énorgueillit des dons de sa royale main.
Ce prince défendit des jeux sanglant le risque (17)
Et dressa dans sa ville un superbe obilisque,
Durable monument de goût et de splendeur
Qui d'Arles présageait la future grandeur.
L'Empire d'Occident fondé par Charlemagne
Et qui passa bientôt aux princes d'Allemagne,
N'était plus ce grand fleuve où de nombreux ruisseaux
S'empressaient d'aporter le tribut de leurs eaux :
C'était une rivière épuisée, expirante
Qui roule dans la mer son onde défaillante. (18)
La Champagne avait vu cent mille combattans
Pour deux frères rivaux s'égorger dans ses champs,
Sans que leur rage encor pût en être assouvie.
Tout ce sang répandu sans fruit pour la patrie
Avilissait son nom chez les peuples conquis
Et faisait triompher ses nombreux ennemis.
Charles victorieux sans gloire, et sans ivresse,
Honteux de ses succès et sentant sa faiblesse,
Par des démembremens recherchait un appui
Dans des seigneurs plus fiers, aussi puissans que lui :
C'est alors que le faible et l'infortuné Charles,
Créa, roi son beau-frère, et l'établit dans Arles,
Boson de ce bienfait fut peu reconnaissant ;

L'homme élevé trop haut le devient rarement.
Sa réputation de roi prudent et sage
Des grands et du clergé lui valut le suffrage ;
Il se montra d'ailleurs magnifique , vaillant ,
Et toujours pour l'Eglise un prince bienfaisant.
Son fils très-jeune encor dans un règne éphémère
Resta presque toujours sous le joug de sa mère :
Ayant ensuite pris un vol trop orgueilleux,
Son dur Compétiteur lui fit crever les yeux.
Quelques rois après lui par de durs sacrifices
Du sort qui chancelait fixèrent les caprices :
Mais bientôt cet état si florissant , si beau ,
Coupé comme le Rhin ne fut plus qu'un ruisseau.
De vasseaux , les seigneurs en maîtres s'érigèrent ,
Démembrèrent l'Empire et se le partagèrent :
Ce royaume fit place à vingt petits États ,
Dont les chefs s'égalaient aux plus grands potentats :
Se déchiraient entr'eux et déchiraient leur mère.
Cessez princes , cessez de vous faire la guerre ,
Assez et trop de sang sur la terre a coulé.
Mais le plus grand de tous et le plus signalé
Fut toujours le seigneur à qui par excellence
Fut conservé le nom de Comte de Provence.
Ce pays appartint après de grands revers
Au frère du saint roi qui jusques dans les fers
Entourré de périls signala sa grande ame ,
Et cet amour pour Dieu qui couronna sa flamme.

L'époux de Béatrix (19), vaillant, ambitieux,
Que la gloire poussait aux desseins hazardeux,
Par le sort des combats, les faveurs de l'église
Vit bientôt la Sicile à son pouvoir soumise.
Cette auguste maison, mère de tant de rois
Que trop long-temps le crime à privé de ses droits ;
De la religion fut toujours la colonne,
C'est le plus beau fleuron qui brille à sa couronne.
Mais l'art de conquérir qui rend un nom fameux,
Ne rend pas le monarque ou l'état plus heureux.
Charles fut toujours pauvre et toujours dans l'orage,
Il eût été plus grand s'il eût été plus sage.
Ses vaillants successeurs malheureux quelquefois
Furent pour la plupart de grands et de bons rois ;
Et Réné dont le nom nous peint la bienfaisance,
Sera toujours l'amour, l'honneur de la Provence.
Sa touchante douceur, son affable bonté,
Le rendront toujours cher à la postérité.
Ton souvenir encor nous arrache des larmes,
Prince que ton destin entraîna dans les armes ;
Héros au champ de Mars, mais ami de la paix,
Qui comptais en riant tes jours par tes bienfaits !
Mais envain à ta mort une ville éplorée,
S'empresse de garder ta cendre révérée, (20)
On vient la lui ravir par un larcin nouveau,
Que ne puis-je jetter des fleurs sur ton tombeau
Et te voir reposer au sein de tes trophées,

Roi rival de Titus, des Mirons, des Orphées
Dont le goût anima mille talents divers !
Quel Prince fut jamais plus digne de mes vers !
Un seul bien te manqua terminant ta carrière :
Ah ! que n'as-tu prévu que la Provence entière,
Allait bientôt passer sous un grand souverain,
Et sans perdre sa gloire affermir son destin !
L'image de ces biens eut fait couler tes larmes ;
Ton souvenir put seul en affaiblir les charmes :
Il me reste à toucher la peinture des mœurs
Dont le tableau riant enchante tous les cœurs.
Sous les comtes d'Anjou dont la main libérale
Enrichit de ses dons leur ville capitale ;
La Sicile avait vu ses infortunés rois
Par le sort des combats s'exiler plusieurs fois,
Et fixant leur séjour au sein de la Provence
Y jouir d'un bonheur envié de la France.
Aix fut comptée alors au nombre des cités
Qui font voler au loin leurs ordres respectés.
Le loisir appela ces enfans du génie,
Qui font couler par-tout l'abondance et la vie:
Là, fleurirent bientôt le commerce et les arts
Qui tarissent les pleurs que fait répandre Mars,
Alors le troubadour dont l'amour était l'ame
Brûlant de signaler sa pure et tendre flamme. (21)
Allait de bourgs en bourgs, de châteaux en châteaux
Chantant par-tout des vers, contant de fabliaux,

Tous alors s'occupaut de douces rêveries ;
La Provence devint un pays de féeries :
Et le plus grand seigneur fier d'être troubadour ;
Chanta l'amour , la gloire et l'honneur tour-à-tour.
Nos yeux avaient vu la touchante Constance (22)
Que l'hymen fit asséoir sur le trône de France ,
Faire aimer à Paris le style provençal
Et les vers qu'enfanta l'idiôme natal.
L'aménité des mœurs , l'aimable courtoisie
Etendant ses progrès à la chevalerie ;
Cette déesse austère et fière en son berceau
Humanisa son front par un charme nouveau.
L'on alla soupirer sous les armes cruelles ,
Et braver mille morts pour plaire aux yeux des belles.
Un sentiment sublime et naïf à son tour,
Pour juge de l'honneur créa les cours d'amour. (23)
C'était de cette cour illustre et souveraine
Qu'amenaient ces arrêts dont la plus rude peine
Etait d'être flétris des mains de la beauté ,
Arrêt très-infâmant de nos preux redouté ,
Mais un moyen restait pour expier le crime ;
Des juges il fallait reconquérir l'estime ,
Se réhabiliter par les lois de l'honneur :
S'était-on montré lâche , ou relevait mon cœur ,
Avait-on pu déplaire aux beaux yeux de sa dame ,
Pénétré de regret l'on épurait sa flamme.
Tel chantait une dame , exaltait sa vertu

Qui

Qui prônait son objet sans l'avoir jamais vu.

L'on était sans contrainte en gardant le silence ,

Jamais la liberté m'amenait la licence.

L'amour poussait un brave à courir aux hasards ,

A prodiguer son sang dans les travaux de Mars ,

Et le Dieu dont le front est terrible et sans grace ,

S'étonnait qu'un enfant inspirât tant d'audace.

Tels étaient les Gaulois , tels étaient nos ayeux :

Les provençeaux sur-tout toujours courtois et preux :

Préconiser l'honneur au temple de mémoire

Des dames exalter les vertus et la gloire ,

C'était leur noble but, et leurs plus doux penchans :

Auraient-ils soupçonné qu'un jour leurs descendans

Pourraient avec orgueil étaler l'impudence ,

Et pour se faire honneur flétriraient l'innocence ?

D'autres temps, d'autres mœurs : oui mais quand par
       degrés ,

Le vice achevera ses effrayans progrès ,

Ces mœurs de l'âge d'or , ces siècles respectables

Nos indignes neveux les prendront pour des fables.

CHANT QUATRIÈME.

Avignon qui souvent avait changé de maître
A deux chefs quelquefois forcée à se soumettre ;
Sous la maison d'Anjou respirait à la fin
Des attentats sanglans de son cruel destin ;
Quand tout-à-coup l'Europe en allarme, étonnée
Vit Rome aux noirs excès, au crime abandonnée ;
Avignon devenir siége pontifical,
Puis le schisme souffler son poison infernal.
Les querelles du pape et du chef de l'Empire
Avaient porté dans Rome un effrayant délire :
D'un monarque étranger les Gibelins amis,
Contre leur souverain s'étaient tous réunis.
Infatués du plan frivole et chimérique
De créer de nouveau l'ancienne république :
A leur chère patrie ils déchiraient le flanc,
La livraient au pillage et l'inondaient de sang, (24)
Mille affreux attentats, fruits de la violence,
Intimidaient les grands, augmentaient la licence :
L'un croyait voir Brutus, qui sortant des tombeaux
Ordonnait d'établir la hache et les faisceaux !

L'autre plus fanatique en son délire extrême
Croyait être Coclès ou Porsenna lui-même.
Souvent l'excès du mal en fait l'impunité ,
Se voyant dépouillé de son autorité :
L'infortuné Clément , sans armes , sans défense ,
Contraint de quitter Rome et de passer en France,
Transporta le saint-siége au centre d'un pays ,
Fruit d'un don généreux du fils de saint Louis. (25)
Pour le pape Avignon fut d'abord un asile ,
Mais Jeanne à Clément VI ayant vendu sa ville (26)
Il fit bientôt construire un palais somptueux ,
Qui par ses hautes tours , ses murs ambitieux
Fut digne de loger le monarque suprême ,
Dont le front est orné d'un triple diadême.
Nous admirons encor ce Colosse imposant
Dont te contour gothique étonne le passant :
Les masses dont ce temps étaient magnificence ,
L'on ignorait le prix de l'aimable élégance !
Ce fut un Vatican où mille souverains
Vinrent subir la loi des pontifes Romains :
Clément Urbain, Benoît, Jean, Innocent, Grégoire,
Du saint-siége exilé n'ont point terni la gloire :
Dans ces sanglans débats , ce conflit solemnel
Qui compromit les droits du trône et de l'autel:
Ils surent arrêter avec un prudent zèle
Les excès d'un monarque à l'église rebelle
Qui des prétentions passant à l'attentat ,

C 2

Fut le fléau de Rome et de son propre Etat. (27)
Jean lui-même s'élut par un choix fort bizarre
Et ceignit de sa main son front de la thiare. (28)
Benoît fut un pontife, humble, simple, éclairé ;
Urbain fut plus altier , et non plus révéré.
Mais tandis que l'Eglise en son exil recluse
Du Tibre avait volé sur les bords de Vaucluse ;
Qu'Avignon s'engraissait du faste ultramontain
Qu'étalaient les prélats et le clergé Romain , (29)
Rome comme une veuve , en deuil , inconsolable ,
Se plaignait de ses maux , de son sort déplorable:
C'est alors que l'on vit un jeune ambitieux *
Hardi , souple , éloquent , altier , présomptueux ,
Couronné de lauriers dans la place publique
Haranguer chaudement un peuple fanatique.
On s'empresse, on accourt; les yeux mouillés de pleurs,
De Rome abandonnée il trace les malheurs :
Peint la subversion des lois , des privilèges
Et le sang répandu par des mains sacriléges.
L'enthousiasme augmente et d'un accord commun
Le subtil harangueur du peuple est fait tribun ;
Mais bientôt abusant de son pouvoir suprême
Il est percé de coups par le peuple lui-même.
C'est le sort mérité de ces ambitieux,
Qui jettent sur le trône un regard orgueilleux.

---

* Le fameux Rienzzi.

Cés temps là sont féconds en faits les plus célébres ;
Mais malgré les rayons qui percent les ténèbres,
D'autres faits démentant cette authenticité
En ont fait une énigme à la postérité.
Telle est la ténébreuse et l'étonnante histoire
Des fameux Templiers qui de notre mémoire
Ont pour et contre encor d'habiles discoureurs,
Mais bien moins d'ennemis que de grands défenseurs.
Sous les murs d'Avignon suivi des bandes noires
Ce montra ce héros entouré de victoires,
L'idole des Français, l'amour de l'univers
Que le sort des combats mit quelques temps aux fers,
Quand son bras fatigué de se poser en France
Alla dans l'Arragon signaler sa vaillance. (30)
Cependant les Romains lassés du changement
Conjurent le Saint Père avec gémissement
De repasser les monts, de consoler l'Eglise :
Grégoire cède enfin et voit Rome soumise.
Mais qu'il me soit permis de détourner les yeux
De l'aspect déchirant, lugubre et douloureux,
Que présente Avignon dans les horreurs du schisme.
Pour colorer ces maux où trouverais-je un prisme ?
Je vais donc crayonner un tableau plus riant
Et qui porte dans l'ame un charme attendrissant,
Il faut dans les tableaux des ombres, des nuages,
Et plus le zéphir plaît, plus on craint les orages,
Dans Avignon alors vivait une beauté

C 3

Dont le nom a des droits à l'immortalité. (31)
La pudeur à ses traits donnait de nouveaux charmes,
Près d'elle son amant les yeux mouillés de larmes ,
D'une flamme adultère adorant le pouvoir ,
Se livrait aux accès d'un sombre désespoir.
Tantôt il voulait fuir et tantôt revoir Laure :
Du lever du soleil au retour de l'aurore
C'étaient les mêmes feux ou la même langueur :
Amour cruel amour , perfide suborneur !
Source de tant de maux, noir conseiller des crimes,
Dévoile tes forfaits , nomme-moi les victimes
Qu'immola ta magie et tes enchantemens !
Un attrait fugitif cause mille tourmens.
Pour soulager les siens , auprès d'une onde pure ,
Fontaine merveilleuse où l'avide nature
Fait du pied d'un rocher jaillir un beau torrent ,
Pétrarque inconsolable et d'un ton défaillant
Déplorait son destin , soupirait sa disgrace :
Tel aux bords de l'Hébrus , le chantre de la thrace
Appellant Euridice exhalait ses regrets ,
Et charmait par son luth les hôtes forêts.
L'amour , d'un nom fameux exalte la mémoire :
Pétrarque lui dit tout ses malheurs et sa gloire ,
Les palmes qu'il cueillit dans le sacré vallon ,
Et l'honneur d'être ceint des lauriers d'Apollon (32)
Il épura le goût par son heureux génie ,
Fut chéri des Français , haï dans sa patrie ,

Toujours dans la tourmeute et jamais dans le port,
Sensible comme Ovide , il eut le même sort.
Quoiqu'épris des attraits de la Provence entière ,
Je dois un doux tribut à cette cité chère ,
Qui nourrit mon enfance et partagea mes jours ,
Vers le pays natal le cœur vole toujours.
Sans tes riants berceaux , sur tes vertes prairies
Je promène Avignon , mes douces rêveries :
Je crois voir tes jardins tes parterres fleuris ,
Quand le malheur m'exile au moins je te souris.
Heureux qui sans remords peut voir filer la Parque
Daus les lieux enchantés où soupira Pétrarque ,
Où sa beauté pudique au regard imposant ,
Inspirait le désir et désolait l'amant.
L'illusion encor se joint à la nature
Pour produire à l'esprit sa sublime peinture ;
Ici Laure sourit en dansant sur les fleurs ;
Pétrarque la contemple et fait couler ses pleurs.
Après lui mille amants de leurs larmes furtives
De Vaucluse ont grossi les ondes fugitives !
La vague qui mugit figure leurs transports ;
Puissais-je source pure habiter sur tes bords ,
Exempt des passions qui mènent au naufrage ,
Gémir de leurs excès et me conduire en sage.

F I N.

NOTES.

(1) Les campagnes de la Grèce.

(2) Les Phocéens, colonie grecque qui fonda Marseille.

(3) Le fameux Annibal. Je ne crois pas avoir besoin d'avertir que ces remarques ne sont pas pour les gens de lettres.

(4) Charles-le-Chauve, petit-fils de Charlemagne, qui conquit l'Empire sur son frère Lothaire, à la bataille de Fontenoi, où il périt un nombre prodigieux de gentils-hommes.

(5) Outre les arcs de triomphe d'Orange et de Saint-Remi, des savans pensent d'après Florus qu'il y en avait un troisième en provence à Bédarrides sur la Sorgue, élevé par Fubius Maximus, vainqueur des Allobroges et que le temps a détruit : on voit encore à Vaison, ville autrefois célèbre et qui n'est plus rien aujourd'hui des restes sensibles d'un amphithéâtre.

(6) Je n'ignore pas que l'opinion de l'arrivée de Lazare et de ses sœurs à Marseille, n'est point universellement reconnue, et est même fortement combattu par de savans historiens modernes. Mais outre les témoignages qui y sont favorables ; en matière de religion sur-tout, il est toujours plus prudent et plus sûr, de ne point attaquer une tradition honorable au pays qui en est l'objet, et consacrée par la croyance invariable des siècles.

(7) Le zèle bouillant et persécuteur d'Urbain VI, envenima beaucoup sa querelle avec Clément VII, et rendit toute réconciliation impossible. Viclef, docteur

ánglais , indigné des procédés violents des deux papes ;
déclama contre leur obstination réciproque et passa de
la déclamation à des principes dangereux , qui enhardirent
d'autres novateurs à se faire un nom. Ces sectaires contre
lesquels s'assembla le Concile de Constance , se succé-
dèrent avec une rapidité effrayante , et occasionnèrent une
tourmente qui menaça l'église Romaine d'une subversion
totale.

(8) Les peuples du Languedoc qu'on nomma ensuite
Septimanie , s'appelaient Tectosages , et étaient distin-
gués entr'eux par différens noms.

(9) Quelle que soit l'autorité de ceux qui veulent
qu'Annibal ait passé le Rhône au-dessus d'Avignon ; il
est difficile de suivre cette opinion , si l'on considère
qu'Annibal n'a pu en arrivant à Lizère ou à la Drôme ,
avoir le Tricastinois à gauche. Rien ce me semble ne
concilie mieux les difficultés , que de supposer qu'il passa
le Rhône à Tarascon , et qu'il arriva après trois ou quatre
jours de marche au Lesc , petite rivière au-dessus de
Bollène , qui limite le Tricastinois au midi : dans cette
version tout l'explique ; et elle encore appuyée d'un monument bien propre à lui donner du poids , les ruines
d'une ancienne ville des Allobroges située au-dessus du
Lesc , nommée Barri , où l'on trouve beaucoup de mé-
dailles puniques.

(10) Cette présentation de la coupe , était selon l'usage
du pays , la marque du choix que la princesse faisait
d'un époux.

(11) Charles - Quint ennemis mortel de François I ;
un de nos plus grands rois , assiégea vainement Marseille ,
d'où il fut honteusement repoussé.

(12) Massilia variis præliis , Carthaginensium clases fudit. Justin.

(13) Voyez dans Lucain la belle description de la forêt sacrée de Marseille.

(14) César et Pompée regardaient le parti que prendrait Marseille comme devant influer beaucoup sur la résolution du reste des Gaules : c'est pourquoi ils firent tous leurs efforts , l'un pour la retenir dans son parti , l'autre pour la soumettre.

(15) Nulla res massiliensibus ad virtutem defuit. César.

(16) Sextius Calvinus victis liguriis , vocontiis et salviis , urbem ad aquas condidit, strabone et Ænobarbo consulibus. Inscription que l'on lit à Aix sur une pyramide élevée à Louis XV.

(17) Les jeux du cirque et les combats des gladiateurs furent solemnellement proscrits par un édit de l'Empereur Constantin.

(18) L'empire d'Occident qu'avait rétabli Charlemagne , prince politique et conquérant, déchut bientôt après sa mort.

(19) Les papes mécontens de Mainfroi , se crurent autorisés par les loïs de fiefs , à donner la couronne de Sicile au duc d'Anjou.

(20) Voyez dans l'histoire de Provence , quels furent les regrets des habitans d'Aix à la mort du roi Réné , et quel était le goût de ce prince pour les sciences et les arts : cette ville affligée n'eut pas même la consolation de posséder le corps de son bon roi.

(21) Je n'ai pas besoin d'avertir qu'il s'agit ici de l'amour chaste et sentimental. Les poëtes et les chevaliers de ces temps-là , n'en connaissaient point d'autres.

(22) Constance , fille de Guillaume III , comte de

provence, fut mariée à Robert , roi de France , à qui elle mena plusieurs poëtes provençeaux.

(23), L'on proposait dans les cours d'amour des questions fort délicates, qui donneraient lieu aujourd'hui à des interprétations licencieuses, et dont la simplicité des mœurs du temps , peut seule justifier la hardiesse.

(24) L'on peut voir dans l'histoire d'Avignon , à quels excès se portèrent les deux factions qui déchiraient Rome dans ces temps-là , et sur-tout les Gibelins , qui sous prétexte de soutenir la cause des Empereurs , avaient dessein de ressusciter l'ancienne république.

(25) Le Pape représenta à Philippe-le-Hardi , que le Contat-Vénaissin avait déjà été donné au Saint-Siége , par le roi son père : ce qui engagea Philippe à lui faire un don , qui dans cette hypothèse , n'était plus qu'une ratification. Clément V , qui avait de la prédilection pour Carpentras , fit construire le superbe aqueduc qui fournit aux nombreuses fontaines de cette ville.

(26) Il n'y a rien de plus connu dans l'histoire moderne , que cette vente d'Avignon , faite à Clément VI ; par la reine Jeanne d'Anjou. La cause à laquelle on l'attribue communément ne fait guères honneur à cette reine et suppose qu'elle ne reçut point d'argent du pape. Mais comme Jeanne , qui avant cette vente était très-obérée , se trouva à même de réparer ses affaires délabrées dans le royaume de Naples : il est bien possible que la vente ait été faite sans abus.

(27) J'excepte de la modération commune aux papes qui ont siégé à Avignon , Clément VI , qui déposa Louis de Bavière par un bref rempli d'injures et de personnalités.

(28) Ce fut lui , dit-on , qui dans le conclave de Lyon , où les cardinaux l'avaient laissé maître de l'élection , se mit la couronne sur la tête, en disant : *ego sum papa.*

(29) J'avertis que je ne dis ceci que pour me conformer à la vérité historique et non pour faire le déclamateur , ce qui est tout-à-fait contraire à mes principes. Je pense que quand il s'agit de la réputation de ces hommes éminens dans l'église , on ne saurait être trop réservé.

(30) Le fameux Duguesclin allant en Espagne combattre Pierre-le-Cruel en faveur d'Henri de Transtamarre son frère naturel , qu'il plaça sur le trône à la tête des grandes bandes , ramassis des troupes étrangères qui servaient en France sous le règne infortuné du roi Jean ; vint à Avignon demander au pape Innocent VI sa bénédiction qul lui fut aisément accordée , et 100000 livres , somme que le Saint Père trouva énorme et compta cependant pour se délivrer des ravages de ces hordes dévastatrices. C'est dans cette malheureuse expédition que le héros fut fait prisonnier par le prince de Galles , qui le laissa retourner en France sur sa parole , pour aller chercher sa rançon.

(31) Outre la beauté , Laure a d'autres titres au souvenir de la postérité. Elle était savante et probablement elle faisait des vers ; et tenait encore un rang distingué dans les cours d'amours.

(32) Pétrarque fut couronné solemnellement au capitole et reçut un insigne honneur qui était tombé en désuetude depuis bien des siècles.

Fin des Notes.

DISCOVRS
DES MARQVES
DES SORCIERS ET DE
LA REELLE POSSESSION

que le diable prend sur le corps
des hommes.

Sur le subiect du procez de l'abominable & detestable
Sorcier Louys Gaufridy, Prestre beneficié en l'E-
glise Parrochiale des Accoules de Marseille, qui
n'aguieres a esté executé à Aix par Arrest
de la Cour de Parlement de Prouence.

DEDIE A LA REINE RE-
GENTE DE FRANCE,

Par IACQVES FONTAINE Conseiller & Me-
decin ordinaire du Roy, & premier profes-
seur en son Vniuersité de Bourbon en
la ville d'Aix.

A PARIS,

Chez DENIS LANGLOIS, ruë S. Iacques
pres les Iacobins.

M. D. C. XI.

Auec permission.

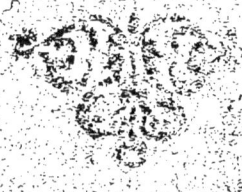